SISTERS

HERMANAS

GARY PAULSEN

Sisters

HERMANAS

TRANSLATED INTO SPANISH BY

GLORIA DE ARAGÓN ANDÚJAR

Harcourt Brace & Company

SAN DIEGO NEW YORK LONDON

To Rose,
a woman easy to respect
—G. P.

Requests for permission to make copies of any part
of the work should be mailed to: Permissions Department,
Harcourt Brace & Company, 8th Floor,
Orlando, Florida 32887.

Library of Congress Cataloging-in-Publication Data
Paulsen, Gary.
Sisters/Hermanas/Gary Paulsen.—1st ed.
p. cm.
Title on added t.p.: Hermanas/Sisters.
English and Spanish.
Summary: The lives of a fourteen–year–old Mexican prostitute,
living in the United States illegally, and a wealthy
American girl intersect in a dramatic way.
ISBN 0–15–275323–0 (hc) ISBN 0–15–275324–9 (pbk.)
[1. Prostitution—Fiction. 2. Illegal aliens—Fiction.
3. Spanish language materials—Bilingual.] I. Title. II. Title:
Hermanas/Sisters.
PZ73.P394 1993 93–13777

PRINTED IN HONG KONG
First edition
A B C D E

Rosa

3

THE MEN CALLED HER MANY THINGS. It was a matter of timing, always a matter of timing. Sometimes they called her one thing, sometimes another, depending on when it was they spoke.

And they all spoke.

They would smile or not smile, sneer or not sneer, look at her with open straight eyes or out of the corners—many different looks, again, depending on the timing of the looks.

But they all spoke.

Not always so she could understand, often so that it made no sense to her. Many of them spoke in English, most spoke in English and she only knew foul words in that tongue and so did not understand all that they meant. But they spoke and even if the words did not say things to her, the way they spoke told everything.

They could be harsh, the words, or soft, or begging or laughing; some of the men cried while they were with her and when that happened she always looked at them in wonder, wondering why it would make them cry, being with her. Grown men to cry—it was a wonderment.

Even when they cried they said things, many things, and told her things she would never understand, didn't care to understand, and called her pet names, false names to make her into someone else.

Maria.

Teresa.

Betty.

Carmelita.

Names of others the men used for her that meant nothing to her and she suspected meant only little more to the men—soft names, loud names, grunted names, sighed names.

She called herself Rosa.

Just that.

Rosa.

She is fourteen years old.

NEXT TO THE BABY JESUS AND THE Blessed Mother her room was the most important thing to her.

It once had been a motel, where she lived, but that had been back when all corners were rounded and lights hung from ceilings and tables had shiny legs with gray plastic tops and many years, many decades before she was born. Outside was a sign:

THE PRAIRIE DELUXE
MOTOR HOTEL
FINE ACCOMMODATIONS

During the day that is what the sign said but at night it read only:

PRAI
MOT HOT
COMMOD

because the colored glass tubes that made the letters were burned out and the old man who managed the rooms—he had a foreign name Rosa could not pronounce so she called him One Tooth because he only had one tooth in his mouth—said there was no money to fix the sign and who needed a sign anyway? It was no longer a motel, he told Rosa. It was a dump. He spoke too fast and mixed the very few words she understood with many that she did not know, and so she did not learn things all at once when he spoke but over a long time, after he had said things several, many times she would form the ideas of what he was trying to say.

She did not think of her room as a dump.

She had lived in a dump. In Mexico City she had lived in a cardboard carton on the edge of the dump and had run for the trucks when they brought new garbage; had run with the rest of the children to look for food or for anything of use or value to fix or clean to sell to tourists. That was a dump.

Her room was not at all a dump.

Outside, the Prairie Deluxe Motor Hotel had the problems that come with age, problems she had seen on many old buildings in Mexico City when she was young. Younger. Paint was peeling, peeling in such a way that meant it would never be fixed, and some of the coating over the adobe bricks had fallen away to show the bricks themselves. The small parking area was full of holes and puddles and trash but she still did not consider her room a dump.

It was not large. In the middle was a bed made of wood with burned edges and covered with burned brands that she sometimes ran her fingers over in the late mornings when she awakened; she did not understand the symbols but found some of them beautiful and ornate and wondered if all the beds in the motel had the same designs burned into them or if only her bed had these symbols. She liked to think it was only her bed and that the symbols meant some secret thing and once when she walked past one of the other rooms when the door was open she purposely did not look in because she did not want to know the truth.

The bed was a kind of nest for her. Sometimes when she was hurt, when the men hurt her, she would come back to the room and curl into the center of the bed with the blanket that had the soft, silky edge wrapped around her and take comfort there, rubbing the silk between her fingers until she slept.

She thought of the bed as her mother, which was strange because her real mother still lived back in Mexico City and Rosa sent money there to her once a month in a white envelope that One Tooth helped her mail. At first Rosa worried that One Tooth would steal the money—he was, after all, a man, old, ugly, yet still a man—but her mother sent her notes thanking her for the money that Rosa had read to her by a girl she knew who was almost a friend and who could speak Spanish and read.

Still, she thought of the bed as her mother and if the bed were her mother then perhaps the hard desk and chair were her father.

The desk was made like the bed, with the edges rounded and burned and held together by fake wooden pegs, and even with the carving of initials previous renters had done she liked the desk because it was furniture.

Her furniture.

Of course it wasn't. The desk was part of the room and belonged to The Prairie Deluxe Motor Hotel. When she was older and a model who would be on the covers of magazines and perhaps in the movies wearing a dress that made her breasts look larger and she had become rich and lived in a big house, she would not have such a desk. She would spit on such a desk. She would only have such a desk as a souvenir in a special room of souvenirs from when she was poor.

But for now the desk was her furniture, her place to work on her accounts, to write.

She did not write, she knew she could not write. Letters had never been taught to her. But she had some knowledge of numbers and she copied letters from magazines and signs in a notebook where she kept her accounts.

She would get up in the late morning, sometimes in the afternoon, and she would sit at the desk. From the middle drawer she would take the notebook—it had a pink cover and was bound down the edge with a spiral wire—and she would open it to the right account page.

There was a page for rent. She had copied the word *HOTEL* from the sign outside, written it across the top of the page in large letters, and each week when she paid the thirty dollars for the coming week—five dollars a day or thirty dollars a week—she would write the amount in a column down the right side of the page.

5, 5, 5, 5, 5, 5.

Five. Six times. That's how she paid. Six five-dollar bills a week.

She did not know how to write it properly as it would be on paper to make it look like money—the symbols that went with it to make it into money. But she knew the number and would write the fives sitting at the desk once a week.

GLAMOUR.

At the top of another page—a word from the cover of a magazine. She would one day pose for the magazine. She knew it. She would stand the way the models stood with one hip jutted just so and her breasts out and her lower lip red and pouted, and they would pay her money just to take her picture. She was certain of it. So she copied the word in the notebook and on that page she wrote the price of all things she bought for beauty. Makeup and lipstick and cream for her complexion. Each time she bought something at the discount store that was only five blocks away she would come back to the motel and write it in the notebook, copying the prices from the labels on each item so there would be a record.

There must be a record of everything.

A page for *HOTEL,* another for *GLAMOUR,* a third for *FOOD,* a fourth for *MOTHER,* and another for *CLOTHES*—all in English, which she could not read just as she could not read Spanish, and all in large letters in the notebook, copied from magazines.

CLOTHES had the largest amounts. Clothes were important to her work and without work there would be no money to spend on the others in the list. Short black skirts made of leather and stockings and garter belts and shoes with high heels and shorts, tight shorts. Sometimes during work the clothes would be torn and she would have to either sew them or buy new and each time, each and every time she would keep a record in the book, carefully writing the prices of each thing she bought while she sat at the desk in the mornings and drank strong instant coffee mixed with almost as much milk and three spoons of sugar.

There was nothing she did not write in the notebook and when a thing would happen that she could not predict, like the time the man who ran the streets hit her for not giving him money—even that she would write. She did not know how to say it, so she would write numbers, numbers that meant a thing, a new thing. The man hit her three times, so she wrote the number 3 and every time she looked at the number 3 on the page she could remember the man who came in the big car and swore at her and tried to take her money and did take it after he hit her. Three times.

She would sit at the desk when she awakened, sit in the housecoat made of the towel material, sipping the sweet coffee, and use the wooden pencil to make the marks in the notebook that kept the days of her life, all the days of her life in the Texas city since she came almost a year and a half ago.

Every day she did the books, sat at the small desk to the side of the motel room and took each page with the headings and entered the numbers it took to pay the rent and pay the glamour expense and the food expense.

She drank coffee with sugar in it, thick and bitter, yet so sweet it seemed to stick to the corners of her mouth. When the books were done she would take a shower—she took a shower when she awakened in the morning each day and a shower at night, or rather earlier in the morning when she finished work—because a shower made her feel clean.

When she had finished the shower she went to the shrine and prayed. The shrine was a box in the corner with a small plastic statue of Mary holding the Baby Jesus. She always thought of it as the Baby Jesus because it made her uncomfortable to think of Jesus as a grown man; made her think of him disapproving of what she did.

Her work.

And there was no question that He would disapprove of her work. Everybody disapproved of her work. Even the men who gave her names disapproved of her work.

But it was the only work for her, the only way she could make money to send home to her mother. She had tried. In the border town she had stopped for a time before sneaking across the border and tried to get a job at one of the American factories. There were many of them coming across into Mexico, building along the borders. It was said they could escape the law in the north and not worry about polluting and they would not have to pay all the benefits for the workers.

She had tried three of them. Two of the three she tried hired children and paid them well—a fourteen-year-old girl who was only thirteen but could lie about her age and make the lie be believed could earn close to seventy cents an hour assembling parts to be in large American cars. They told her if she lived to be sixty she would not get a job because they had so many waiting.

The third company said they did not hire children, but when she jutted her hip and stood the way she had learned to stand the man who was taking the names raised his eyebrows and told her to check with him later that night. She did and the man did what men do but still she did not get the job and in truth she had not really expected it because the man had many women doing what they had to do trying to find work.

And so she had come north.

She had crossed in the night when many others, hundreds of others, were crossing. Her mother had come and watched her head into the small river and had given her some money—two American dollars—and some bean burritos in a plastic bread sack.

Of those with her, in her small group, most were caught. They had crossed where there were buildings and Rosa had run between two of them with three boys and there was a border patrol man at the end with a flashlight. He grabbed at the boys and caught two of them but Rosa had slipped past him and into the night and into the city and into the country, the strange country, the new country.

A man had given her a ride. Men gave her many things. And she had nodded and been with the man in the car for a day and most of a night to get to the Texas city.

Where she could work.

And even here, even in Texas she had at

first tried for other work, work that Jesus would like. But there were many who had come north, and when one was needed at a hamburger place two hundred would apply and when one was needed for a motel maid three hundred would apply. It was not possible.

And so this work, this work she did was all there could be for her to help her send money home, work that Jesus would not like, work that made her worship only the Baby Jesus.

A plastic statue but in rich colors, red around the outside in a wreath and Mary in a blue robe and the Baby Jesus all pink wrapped in white cloth. Rosa had bought candles at the grocery store in the Mexican food section. Tall candles with words she could not read on the side with pictures of saints on the glass to glow when the candle was burning and small candles in little glass cups to make a warm yellow light.

Each morning when she prayed at the shrine she lighted all the candles and each time she lighted a candle she would pray for a thing, a person, a way to live.

Blessed Virgin bring my mother peace and great riches.

And a match would flare and the flame would grow on the candle and she would whisper.

Blessed Virgin see me and forgive me and help me to be a model in the glamour magazines.

Scratch, light, flare.

Blessed Virgin bring me . . .

Every morning after the shower and the bookkeeping she would pray at the shrine before the next part of the day.

Getting her clothes ready.

Traci

SHE WAS BORN AND RAISED TO BELIEVE that nothing was ever bad, nothing was ever impossible, nothing was ever ugly, nothing was ever, truly, wrong.

There was always good food to eat, good houses to live in, good clothes to wear, good schools to go to, good shoes to walk in, good places to be.

It was as if her whole life was written as a fairy tale, complete with dreams and wishes and promises.

Except.

Just now and then there would be a hesitation, a skip in the beat of her living, thinking; a moment when the dreamlike quality of it all opened and she caught a ray of light from some other sun.

During a tennis game. Sitting at the sidelines while boys tried to impress her. Sipping a weak iced tea (no calories and not too much caffeine) and believing in her heart and soul the words of the commercial that it couldn't possibly be any better than this and then, just then a little glimmer of a small thought: *there are people who are not playing tennis now and sipping iced tea in the warm sun of a Texas afternoon.*

Or her mother would be talking, telling her of this grand party or that perfect bridge club or society function and it would come, the quick thought: *somewhere it isn't perfect.*

SHE WAS TALL AND THIN BUT NOT TOO thin and developing a figure that her mother helped her to make look older than her fourteen years.

Traci.

Her hair in a natural state was a light brown and hung fairly straight but she dyed it to make it a white-blond that looked striking—that's how she thought of it and how her mother put it, *striking*—with her evenly cut bangs and a flat-straight trim all around.

She wanted to look older than she was, needed to look older for what she wanted; wanted more than anything, needed more than anything, had to have as a life more than anything.

To be a cheerleader.

You are the kind of girl that does not need a setting, her mother said; your looks will carry you. You can be anything, but you must work on your looks.

Her mother had started her early on pageants. Small girl beauty shows, pretty child shows, modeling shows, clothing shows, department store shows—Traci could not remember a day when she wasn't working at how she looked, how others would see her.

By the time she was five she worked at her nails, hair, complexion all the time. When other girls were doing dolls, playing sports, Traci worked on how she appeared.

Appearance was everything. Everything counted, every little thing, every part of what she did.

She didn't just walk, she *walked.* Not always the same. She had different walks depending on the clothing she was wearing, the people who were watching her, the mood she was trying to set. She could walk perky, bouncy to make the watcher pay attention and smile; slowly, to make a person see; an even movement to make her seem serious; or like a snake, moving from side to side just a little, not too much for her age but enough to get interest if the judges were older men.

She had two closets packed with clothes—fifteen swimsuits alone—shoes for every possible occasion, short Spandex skirts that were just a shade too short, more proper dresses that were just a shade too long, bras that were a shade too padded, custom-made T-shirts and tailored pants—over three thousand dollars' worth of clothes that had to be constantly upgraded as fashions changed (almost weekly) and she grew and filled out.

She paused and looked in the mirror at the dressing table in her room. Not just a flat mirror but a three-sided professional makeup mirror with surrounding lights and magnifying lenses that pulled out on extendable arms, and it was not just a look, either. Not just a passing glance.

She had learned to be critical, supercritical of her appearance. Mirrors were a tool for her to use and she was never, never satisfied. A slight discoloration, a spot or—horror—a pimple would stop her dead in her tracks; a single loose strand of hair, a single loose *hair* was something that needed immediate attention and would set her to work with hairspray or a comb or brush or, if nothing else were available, a spit-dampened finger.

Now her eyelashes seemed a bit too straight, gave her face a nonsoft look and she used the eyelash curler to crimp them back into position before reapplying shadow and redarkening the lashes to set them off.

It was morning and she had been up three hours preparing for the day. Normally the preparation would take less time—just over two hours—but today was special, the tryout day for cheerleaders that would determine her future.

Her mother had explained it to her. Not once, not even a dozen times—virtually every day it was driven into Traci.

"What you will be later happens *now*. How you live, how popular you are in high school and later, who you marry—all of that is determined *now*. You don't want to wind up running off with some roughneck on the oil rigs, somebody who leaves a smudge every time he touches you, do you? No, you don't. I did that and married your daddy and had to divorce my way out of it and into my present marriage."

Never by name, never the husband, never Cleve Barrancs, never a name for Traci's stepfather—always "my present marriage."

"I was lucky to find a second situation. Most don't get a second chance and you can't count on it. So you work now on what you will get later, darling—you work all the time."

And Traci believed her. She had heard it all so much, watched her mother work at her own beauty—she was thirty-two and looked just over twenty—so much that the idea had become ingrained in Traci's being. Everything she did, every thought, every idea was aimed at success later.

To marry well. To marry money. To have a wonderful, successful life with a fancy home and drive a Mercedes and have servants and travel all over the world—to the clean places, of course, not the dirty ones, none of the messy places like India or Africa or China or South America—had been made a part of Traci's thinking by the time she was nine years old.

And all of it came down to this day. She was fourteen, looked seventeen, had won or placed in several dozen beauty-oriented contests but if she did not succeed today, this day, it had all been for nothing.

And so the long bath in the big tub with the body salts to soften the skin and the cleansing creams and the wash and special rinse on her hair and then the base and color and blush and eyeshadow and highlighter—and the correct, perfectly tailored cheerleader's pleated skirt with the perfectly fitted sweater—and now, at the mirror, one more touch-up on the spot of discoloration. The end of three hours' work, the completion of what the world would see as Traci Barrancs (she took her stepfather's name because it sounded more classy than her father's name, Willet) and at last, one final tug at the skirt, straightening of the sweater, critical look at her four thousand-dollar set of capped teeth, the absolutely flawless skin of her face, the perfection of her nails, a final, final check in the mirror and out of her specially decorated room and down to where her mother waited to take her to school in the Mercedes.

Ready.

Rosa

SHE TOOK SUNDAYS OFF AND SOMEtimes went to mass at Saint Mary's Church near the edge of the downtown section, not so very many blocks from where she often worked. She always went into the church last, just before the mass was to start, and used the small seats back by the door and did not ever take communion or go to the front except once when she paid money to have a mass said for her mother on her mother's birthday. On that Sunday she also paid for twenty-five candles and prayers from nine sisters who lived and worked in the convent near the church, all for her mother on her mother's birthday. Of course she felt guilty as soon as she had done it, thinking the money would have been better spent sent directly to her mother, but she wanted God to watch after her mother and was glad she'd done it anyway.

She wore a simple brown dress on Sunday with straight lines that did not show any of what the men would have liked the dress to show and a black head scarf. She also had a jacket to wear if the weather turned cool, a sporting jersey that said HOUSTON OILERS on the back but she sometimes wore it to work as well and did not like to wear the same jacket for work and mass. She did not like to wear anything the same on Sunday that she wore for work.

But today was not Sunday, was one of the other six days a week she worked and so she did not take the straight brown dress from the small closet by the door to the bathroom.

Instead she took the short black leather skirt from where it lay flat on the dresser top and held it up to the light and eyed it critically. Many of the others wore imitation leather, plastic, Spandex, and they lived by the men, lived because of the men. How the men saw them decided on how they paid and if they did not pay . . .

Rosa had decided early on that real leather, real black leather, made the men want to pay more than plastic or Spandex and when she worked in the leather she saw that men came to her more often than they came to the other girls wearing other things.

It was true that she was not ugly and perhaps prettier than some of the other older girls—especially the truly old ones who were nineteen and twenty—but though many of them were pretty as well, still the men seemed to favor Rosa.

There were marks on the skirt and she used a dampened corner of a washcloth to wipe them off, dabbing carefully and lightly so the leather would not get wet and spot.

Again she held it up to the light, turned it back and forth to make certain it was clean.

Then the boots. She wore calf-high black leather cowboy boots with three-inch heels and these, too, she cleaned with a damp rag and then polished carefully with black polish. When they were covered with the polish she let them stand while she sipped coffee and when the waxy polish had dried Rosa used a soft cloth to buff them into a high shine.

She wore mesh stockings at work and she used three different pairs that she washed and dried hanging over the shower curtain rod. She took one pair down and shook them out, added a tight jersey top that she had also washed and dried, and when everything was ready laid all the pieces of work clothing out on the bed to be ready for work.

It was still too early, by at least four hours, for her to move to the street where she worked and besides it was Wednesday, which was a slow day for new customers but a good day for her regulars, which meant it wouldn't do her much good to work early.

The regulars sometimes varied in the time they came but they almost always kept the same day. She did not know their names and did not want to know them except for one that she could not help but know.

The minister.

She did not know he was a minister when she first met him and he started being a customer but one Sunday she was watching television and there he was, wearing flowing robes and talking of God in English to people who cried and raised their hands to him with their palms out. There were many people, it seemed all the people who would fit in the auditorium, and they all seemed to be crying and waving their hands and when he reached off the stage to touch them some of the women fell over in a faint and that made Rosa smile because when he touched her she did not faint although sometimes he cried, which made no sense. He would say things when he cried but she did not understand them and knew nothing of him except for what she saw of him on television—which was next to nothing because it was all in English.

He must be rich. She knew that. He always came to her in a large blue car and he had his hair done by somebody who was very good and there were many, many people to put money in the crying minister's baskets when they were passed around at the Sunday meetings. He always paid her well, gave her a hundred dollars, and she thought of taking more money from him, using her knowledge to get more money from him by threatening to tell the television news about him, that a minister who cries would do such things.

But she was not legal and the police might come and she would be sent back to Mexico where she could not live, would not have a room with carved wooden symbols on the bed or a television or a bathroom. Besides, some of the other girls had tried to do clever things to make more money from their customers and the men had become mad and beaten some of them.

So she said nothing, did not let the minister who cried know that she knew who he was but went about her business in a businesslike way.

When her clothes were all ready and she had finished praying and seeking blessings for her mother, Rosa poured another cup of coffee, added sugar, and ate a doughnut from a package on the end table by the bed. She loved doughnuts though she worried they would make her too fat to be on the covers of the glamour magazines and was very careful to eat only one doughnut each day.

Before she sat to eat the doughnut she turned the television set on, flicked it to the Spanish-speaking station and sat to watch the afternoon drama she always watched. Hearing Spanish made her think of home—made her feel the loneliness and good at the same time—and she knew all the characters intimately, as friends; knew which ones were in trouble, getting out of trouble, having abortions, marriages, broken hearts, sicknesses. It was as if life from Mexico came into her room each afternoon and she sat, forgetting where and who she was, lost in the world of the people on television.

Traci

41

Look at them, Traci thought—they're such bitches, all of them. Just look at them, sitting up there like bitch queens.

She smiled.

She was sitting in the gym on one of the metal chairs lined up in a row for the applicants. There were nineteen other girls who had applied and passed through the initial pretrials in their own middle grade schools.

Traci kept her face alert, pert, attentive but not too giddy or silly. *They'll be watching all the time,* she thought, *never let up on yourself.*

Sitting in the bleachers that had been pulled down just for these trials were four senior cheerleaders from Central High School. They were dressed in their uniforms and each had a clipboard that held a paper with a list of the applicants' names.

When an applicant's name was called she was supposed to get up, do a set routine of her own choosing—with cheers and jumps and pommers if she wanted—and each of the seniors would pass judgment.

Her mother had briefed and rebriefed her on the way in the Mercedes.

"This counts more than anything you'll ever do in your life."

Traci had nodded.

"Do everything right, perfect, and you'll be set."

She had nodded again.

"Stay positive. Remember that—positive, positive, *positive.*"

No nod, but agreement. Driving along in the air-conditioned car having come from the air-conditioned house, sitting in leather seats. Agreement.

"Remember our routine. Don't try anything new and don't worry that one of the other girls might be doing the same thing. I didn't pay sixteen hundred dollars to an arranger to get something some other girl has already got. So stick to it. The way we rehearsed it."

"I will, Mother." Never Ma, nor Mom—always Mother. Her mother had hired a professional dance arranger to work up a cheerleading routine for Traci, and the man—

named Richard—had spent weeks writing and rehearsing it with her, working her until her heels bled from rubbing against the shoes.

"You don't just want to be one of those accepted," her mother had said. "You want to be the *first* one to be chosen, the one there is no doubt about, the very best of the applicants."

She had let Traci out at the front door of the school. "It wouldn't be good for me to come in with you—it's a sign of weakness. I'll wait here. But come right out when it's done."

And now she sat, looking pertly up at the senior girls waiting to judge her, make or break her life.

She was fourth in line. Not so good—she would have liked to be first, to set the tone, or last, to show up whom she could. But she drew fourth and that was it.

They were on the second girl now and Traci watched out of the corner of her eye. She didn't want to seem too interested, just a polite glance but she caught the girl just as she made a mistake. She'd chosen to use the pommers and had thrown them up and missed one of them when they came down.

The pommer hit the floor and for a second, half an awful second, the girl stood and stared down at it. Then she threw her hands to her face and turned and ran out of the gym crying, without finishing her routine.

Traci turned back to the front. She had never changed her position and had altered her face only to show a slight feeling of pity but she in truth had very little. She worked too hard to feel sorry for the girl. It's a rough world, she thought—it's better to fail now than to have it fall apart later when you're grown and in high school and it can ruin your whole life.

The third girl was up. She did all right, cheered correctly when she jumped, but her performance was tame, lacked any spark and she didn't even do the splits at the end. The splits were almost mandatory and to not do them showed a lack of professional interest that Traci knew meant almost no chance for the girl.

Then she was done.

And it was Traci's turn.

Rosa

IT WAS TIME TO GO TO WORK.

Rosa looked once more at the small clock on the dresser near the corner of the cracked mirror.

Six o'clock.

It was not dark yet but she had to walk many blocks to get to her place of work, walk in the high-heeled cowboy boots. She had once worn tennis shoes for the walk, changing into the boots for work. But a boy had run by and stolen the tennis shoes from where she had hidden them and that had been the end of the tennis shoes. And cabs were too expensive.

She had to be in her place by seven when her regulars would start arriving, and she dressed quickly and checked her makeup one more time.

Before moving to the door she went to her hidden place. There was a loosened floorboard near the door to the bathroom. She had worked at the board with a fork until it came up and in the hole beneath she kept her money.

Four hundred and twenty dollars, all in

fives, wrapped in rolls with rubber bands.

She ran her finger over the money once to make certain it was still there. Every night before she went to work she felt the money. In some way it made the work easier to do.

She put the board back carefully and covered it with the small plastic wastebasket and left the room.

Outside it was still warm with the heat from the day though the sun was below the level of the buildings.

She moved easily, her arms swinging back and forth freely. She did not walk the walk she used for work until it would be useful.

In two blocks she came to an intersection and stopped. A police car moved past and the two officers studied her for a moment—too long. They had hard eyes and knew from the way she was dressed how she worked. For a second she thought they might stop and arrest her. She had been very lucky and had not been arrested, only questioned once with a group of others and released. But if she did get picked up it would be all over. She would be sent back.

She waited until the car had moved off a full block and then turned from the way she normally walked and took another route.

The new way was slightly longer but the officers had studied her too long. They might come back and it would be better to be gone.

The problem was her new direction would take her past the mall where there were the fancy stores. She did not like to go there because she saw too many things to want. She would have them all someday when she was a famous model on the cover of the glamour magazines—have the fur coats and the jewelry that caught and held the light—but to see it now was too soon. It left her feeling dissatisfied and empty.

But she walked that way anyway, to avoid the police—walked toward the mall.

Traci

"How did it go?"

Her mother was waiting in the Mercedes in front of the school. It was nearly dark and Traci carefully locked the door when she got in the car. A Mercedes was a target and many of them had been stolen.

Traci arranged her pleated skirt carefully, trying not to smile.

Her mother put the car in gear but kept her foot on the brake.

"Well?"

Traci shrugged. "It was all right."

"All right?" Her mother's voice stiffened, grew tense. "That's it—*all right?"*

Traci laughed. "It was perfect. I stuck with my routine, like you said, but kept it all looking fresh and ended with a jump split that had them holding their breath."

"Perfect?" Her mother smiled. "That good?"

Traci nodded. "Absolutely. They all gave me a nod when I finished and one of the girls told me that I was the best." A little lie—another girl, a brunette with longer legs than Traci had actually been told she was the best but Traci was a really, really close second and was sure to be in the final selection and would find a way later to be better than the brunette . . .

Her mother sighed. "That's good—that's as good as it can get. Of course we can't let down now. Getting on the cheerleading squad is just the start. You have to be popular, *the* most popular girl. But it's a good start—a really good start."

Traci nodded but she had been looking out the window of the car, thinking. "You know what I need?"

Her mother nodded. "I know exactly. You need to go shopping."

Traci laughed. "Perfect."

"A new outfit to celebrate winning."

"At the mall."

"To the mall it is," her mother said, turning the Mercedes down a side street in the direction of the Briarwind Mall.

Rosa

57

SHE SWORE VICIOUSLY, USING WORDS she had learned in the dump in Mexico City, words the young men used when they drove by her and made insulting calls from their cars.

She was caught.

Or soon would be.

It was all wrong, stupid. She took the side street to miss the police, which brought her to the mall and the fancy stores. She could not pass the stores without slowing, looking in the windows, and looking in the windows made her want to go inside.

For only a moment she forgot she was dressed for work and she moved into the mall to walk past the stores, into the stores, and was inside the glass doors before she remembered she was dressed in the short leather skirt and three-inch heels and that everybody was staring at her.

Too late. She remembered everything too late. She turned to leave but as she turned she saw a security guard by the jewelry store swing around to stare at her. He raised his hand-held radio and said something into it and moved toward Rosa.

He was angled between Rosa and the door and she knew she couldn't get past him. She would never be able to bluff him without speaking English and with no green card, no help.

She would have to run through the mall, out another exit, would have to run ahead of the guard. She turned away from the entrance, started to run but it was nearly impossible to move fast in the heels and the boots were so tight she couldn't easily kick them off.

And there was another guard coming now, called by the first guard.

There was no place to run, to escape. She spun once, then saw it. The fancy dress store to her left. It was open and she couldn't see a salesperson. They probably had a back entrance.

It was her only chance. She ran into the store, headed for the back, moved around a rack of dresses, and saw there was a back door, a place to run to but it was blocked. A saleslady was standing there talking to a blond girl and a slightly older woman.

Rosa looked back. The guard was out of

sight. She dropped and crawled under a rack of dresses, pulled her legs in and waited, holding her breath.

The guard ran by—she saw his feet—and she heard him speaking to the women by the back door. Words she didn't understand muffled by the dresses.

". . . illegal . . ."

That one she knew. And another one.

". . . hooker . . ."

And more words too low to hear and then, for another moment, nothing, just the sound of the guard's feet as he walked past her, leaving the store.

She let her breath out gently, took another back in, and was wondering if she could come out, was thinking she might come out when the dresses were suddenly pulled apart and Rosa looked up to see the girl and the woman that had been with the saleslady by the back door.

Rosa's mouth was slightly open and the air made a sound when she sucked her breath in, her eyes grew wide, wider, and looked at the girl, into the girl's eyes.

Traci

TRACI FROZE.

Everything that had happened in the past few minutes seemed to swirl through her mind. They came into the store to look at dresses. They had spoken to the saleswoman. The security guard had come running in looking for the runaway girl. They hadn't seen the girl. The guard had gone. They had turned. They had moved to the rack. Her mother had her head facing back the way they had come, looking at the saleswoman, saying something.

Traci had pulled the dresses back to look at a red dress that would look good with her hair. Just pulled the dresses back.

And there . . .

She started to say something. A word, a thought, but nothing came. Not a word, not a sound.

Half a second, a heartbeat—literally a heartbeat. One thump. Traci's eyes locked onto the girl's eyes, held, fixed, caught, and she knew everything, saw everything, felt everything. Knew that the girl was a Mexican, was her age, was illegal, was selling her body and was totally, completely terrified.

We, Traci thought.

Just that at first, in the first instant.

We are . . .

We are the same.

Of all the things she knew in her life she knew that best, knew it suddenly, knew it certainly—that there was something in the Mexican girl's eyes that was in her eyes, something in their minds, in their souls that was exactly, purely the same.

We are the same.

All in one second, less than a second. And knew the Mexican girl saw it as well, felt it as well. And Traci knew she had to close the dresses and hide the girl again, help the girl, help . . .

Then her mother turned.

"What in hell?" her mother said. She jerked Traci away. "Get away from her—are you crazy?" She turned to the front of the store. "Security! She's in here, hiding in the dresses!"

"But Mother . . ."

Her mother ignored her, kept dragging Traci. "Get away from her. Don't touch her. Security!"

"But she's just . . ."

"Dammit, get *over* here!"

Back, back by the coats hanging to the side of the store and the girl watching her, watching her with those eyes, watching as Traci shook her head, fought her mother, and then the guard was there.

The Mexican girl tried to run but made only a step and the guard had her by the wrist, was calling for the police on his radio, was pulling, dragging, half carrying her out of the store and all the while Traci looked at her and the Mexican girl looked back, directly into her eyes.

And then gone. Out of sight. Out of her life.

Her name, Traci thought. *I don't even know her name.*

"Now," her mother said. "Let's get back to shopping."

"Mother . . ."

"Was it a red dress you wanted?"

"Mother—we are the same. That girl and I—we are just the same."

Her mother stopped, held Traci by both shoulders. "No. No you aren't. She is what . . . she is what you might have been, could be, if you weren't like you are now. Do you understand what I mean?"

"No."

"If you aren't the best, the most popular, the highest—all of that. If you aren't that . . ." She trailed off, shook her head. "Never mind."

"But . . ."

"That's enough! Now—was it the red dress you wanted?"

And Traci hung, shivered a moment on some edge she did not understand, seemed about to fall into a new world, clawed there for a second, a life, then shrugged and turned back, took a deep breath.

"Yes—the red one. I was going to look at it when . . . Yes, that's the one I want."

HERMANAS

SISTERS

GARY PAULSEN

Hermanas

SISTERS

TRADUCIDO AL ESPAÑOL POR
GLORIA DE ARAGÓN ANDÚJAR

Harcourt Brace & Company
SAN DIEGO NUEVA YORK LONDRES

A Rosa, una mujer fácil de respetar
—G. P.

Library of Congress Cataloging-in-Publication Data
Paulsen, Gary.
Sisters/Hermanas/Gary Paulsen.—1st ed.
p. cm.
Title on added t.p.: Hermanas/Sisters.
English and Spanish.
Summary: The lives of a fourteen–year–old Mexican prostitute,
living in the United States illegally, and a wealthy
American girl intersect in a dramatic way.
ISBN 0–15–275323–0 (hc) ISBN 0–15–275324–9 (pbk.)
[1. Prostitution—Fiction. 2. Illegal aliens—Fiction.
3. Spanish language materials—Bilingual.] I. Title. II. Title:
Hermanas/Sisters.
PZ73.P394 1993 93–13777

PRINTED IN HONG KONG
First edition
A B C D E

Rosa

3

LOS HOMBRES LA LLAMABAN POR MUchos nombres.

Dependía del momento, siempre del momento. A veces la llamaban por un nombre, a veces por otro, dependiendo de cuándo hablaban.

Y todos hablaban.

A veces sonreían y a veces no, a veces se burlaban y a veces no, la miraban directamente con ojos bien abiertos o de reojo—muchas miradas diferentes dependiendo del momento.

Pero todos hablaban.

No siempre para que ella entendiera, a menudo como para que no tuviera sentido. Muchos de ellos hablaban en inglés, la mayoría hablaba en inglés y ella sólo sabía malas palabras en esa lengua así que no entendía todo lo que ellos querían decir. Pero ellos hablaban y aunque las palabras no le significaban nada, la manera en que las decían le decía todo.

Podían ser crueles esas palabras, o tiernas, o suplicantes o alegres; algunos de los hombres lloraban al estar con ella y cuando

eso pasaba ella los miraba maravillada, preguntándose por qué les hacía llorar el estar con ella. Hombres adultos llorando—era incomprensible.

Aun cuando lloraban decían cosas, muchas cosas, y le decían cosas que ella nunca podría comprender, no quería comprender, y le ponían apodos, nombres falsos para convertirla en otra persona.

María.

Teresa.

Isabel.

Carmelita.

Nombres de otras que los hombres usaban que no significaban nada para ella y que sospechaba tenían poco o ningún significado para los hombres, nombres suaves, nombres altos, nombres gruñidos, nombres sollozados.

Se llamaba Rosa.

Solamente eso.

Rosa.

Tiene catorce años.

Después del niño Jesús y su Santísima Madre, su cuarto era lo que más le importaba.

En alguna época había sido un hotel, donde ella vivía, pero eso fue en los días de esquinas redondeadas y de luces colgadas del techo y de mesas con patas relucientes y tableros grises de plástico y muchos años, muchas décadas antes de que ella naciera. Afuera decía un letrero:

THE PRAIRIE DELUXE
MOTOR HOTEL
FINE ACCOMMODATIONS

Eso es lo que decía el letrero durante el día pero de noche sólo se leía:

PRAI
MOT HOT
COMMOD

porque los tubos de colores que formaban las letras estaban fundidos y el viejo que administraba los cuartos—el tenía un nombre

extranjero que Rosa no podía pronunciar así que lo llamaba "Solo Diente" porque sólo tenía un diente en toda la boca—decía que no había dinero para arreglar el letrero y de todos modos, ¿quién necesitaba un letrero? Ya ni era un hotel, le decía a Rosa. Era una pocilga. Él hablaba demasiado rápido y mezclaba las pocas palabras que ella entendía con muchas que no conocía, así que no captó enseguida el significado de lo que él le decía, sino después de mucho tiempo. Después de que él le había dicho algo varias veces, muchas veces, era que ella formaba una idea de lo que él le quería decir.

Ella no consideraba su cuarto una pocilga.

Ella había vivido en una pocilga. En Ciudad México había vivido en una caja de cartón al borde de un basurero y corría a los camiones cuando traían basura nueva; corría con los otros niños para buscar comida o cualquier cosa de valor que se pudiera usar o arreglar o limpiar para vender a los turistas. Eso sí que era una pocilga.

Su cuarto no era una pocilga en ninguna manera.

7

Por fuera, el Hotel de Lujo para Automovilistas La Pradera tenía los problemas que vienen con los años, problemas que ella había visto en muchos edificios antiguos en Ciudad México cuando era joven. Más joven. La pintura se estaba descascarando, descascarándose en tal forma que no tenía arreglo y algunas capas sobre los ladrillos de adobe se habían caído para revelar los ladrillos pelados. El pequeño aparcamiento estaba lleno de baches y charcos y basura pero así y todo ella no consideraba su cuarto una pocilga.

No era grande. En el centro había una cama de madera con bordes quemados y cubiertos de marcas grabadas en la madera con hierros candientes que a veces ella acariciaba con los dedos cuando se despertaba tarde en las mañanas; pero ella no entendía los símbolos aunque los encontraba hermosos y se preguntaba si todas las camas del hotel tenían los mismos adornos grabados en la madera o si solamente su cama tenía estos símbolos. Prefería pensar que era solamente su cama y que los símbolos tenían un significado secreto y una vez cuando caminó enfrente de otro

cuarto cuando la puerta estaba abierta, a propósito no miró porque no quería saber la verdad.

La cama era como un nido para ella. A veces cuando estaba herida, cuando los hombres la herían, regresaba a su cuarto y se acurrucaba en el centro de la cama con una manta que tenía un suave borde sedoso envuelta alrededor de ella y ahí se consolaba, frotando la seda entre sus dedos hasta quedarse dormida.

Pensaba en la cama como su madre, que no era raro ya que su verdadera madre aun vivía en Ciudad México y Rosa le mandaba dinero una vez al mes en un sobre blanco que "Solo Diente" le ayudaba a echar. Al principio Rosa se preocupaba que "Solo Diente" se robara el dinero—él era después de todo un hombre, viejo y feo, pero siempre un hombre—pero su madre le mandaba notas agradeciéndole el dinero que le leía una chica que ella conocía y que era casi una amiga y que hablaba español y leía.

De todos modos pensaba en la manta como su madre y si la manta era su madre,

entonces quizás el escritorio y la silla eran su padre.

El escritorio estaba hecho como la cama, con los bordes quemados y grabados, sostenidos por estaquillas falsas de madera y hasta con las iniciales que habían grabado huéspedes anteriores. Le gustaba el escritorio porque era un mueble.

Sus muebles.

Claro que no lo eran. El escritorio era parte del cuarto y le pertenecía al Hotel de Lujo para Automovilistas La Pradera. Cuando fuera mayor y una modelo en la portada de revistas o en el cine con un vestido que le agrandara los senos y se hiciera rica y viviera en una casa grande no tendría semejante escritorio. Escupiría en semejante escritorio. Sólo tendría semejante escritorio en un cuarto especial lleno de recuerdos de cuando ella era pobre.

Pero por ahora el escritorio era su mueble, su lugar para hacer sus cuentas, para escribir.

Ella no escribía, ella sabía que no podía escribir. Nunca le habían enseñado las letras. Pero conocía algunos números y copiaba

letras de las revistas y de letreros en un cuaderno donde mantenía sus cuentas.

Se levantaba tarde por las mañanas, a veces por la tarde y se sentaba al escritorio. Sacaba el cuaderno del cajón del medio—tenía una portada rosada y estaba encuadernado al costado por un alambre espiral—y ella lo abría a la página con la cuenta correspondiente.

Había una página para el alquiler. Había copiado la palabra HOTEL del letrero de afuera, lo había escrito en letras grandes a lo largo de la página y cada semana cuando pagaba treinta dólares por adelantado—cinco dólares al día o treinta dólares a la semana—escribía la cantidad en una columna a la derecha de la página

5, 5, 5, 5, 5, 5.

Cinco. Seis veces. Así es como pagaba. Seis billetes de a cinco dólares por semana.

No sabía cómo escribirlo correctamente para hacerlo lucir como dinero—los símbolos que lo convertían en dinero. Pero ella conocía los números y escribía los números cinco sentada al escritorio una vez por semana.

GLAMOUR

11

A través de otra página—una palabra de la portada de una revista. Algún día ella posaría para esa revista. Ella lo sabía. Se pararía como se paran las modelos echando afuera la cadera y los senos y el labio rojo inferior y le pagarían sólo por tomar su fotografía. Ella estaba segura. Así que copió la palabra en su cuaderno y en esa página escribía el precio de todos los artículos de belleza que compraba. Maquillaje y pintura de labios y crema para su cutis. Cada vez que compraba algo en la tienda de descuento que estaba sólo a cinco cuadras regresaba al hotel y lo escribía en el cuaderno, copiando los precios de las etiquetas de cada artículo para que hubiera un récord.

Tiene que haber un récord de todo.

Una página para HOTEL, otra para GLAMOUR, una tercera para FOOD, una cuarta para MOTHER y otra para CLOTHES—todo en inglés que ella no podía leer, igual que no podía leer en español, todo en letras grandes en el cuaderno, copiado de revistas.

CLOTHES tenía las cantidades más altas. La ropa era importante para trabajar y sin

trabajo no había dinero para gastar en lo demás en su lista. Faldas cortas negras hechas de cuero y medias y portaligas y zapatos de tacón alto y pantalones cortos y apretados. A veces mientras trabajaba le rompían la ropa y tenía que coserlas o comprar nuevas y cada vez mantenía un récord en el libro, escribiendo cuidadosamente el precio de cada cosa que compraba, sentada al escritorio y tomando café fuerte instantáneo mezclado con casi la misma cantidad de leche y tres cucharadas de azúcar.

Ella lo escribía todo en el cuaderno y cuando pasaba algo que ella no podía predecir, como la vez que el jefe de la calle le pegó porque no le dio dinero—hasta eso lo escribía. Ella no sabía cómo decirlo así que escribía números, números que correspondían a algo, a algo nuevo. El hombre le pegó tres veces así que escribió el número tres y cada vez que veía el número tres en la página podía recorder al hombre que vino en el carro grande y la insultó y trató de quitarle su dinero y se lo quitó después de pegarle. Tres veces.

Se sentaba al escritorio cuando se despertaba, sentada con la bata de casa hecha de la tela de las toallas, tomando sorbos de café dulce y usando el lápiz de madera para anotar en el cuaderno que registraba los días de su vida, todos los días de su vida en Houston desde que llegó hace casi un año y medio.

Todos los días mantenía sus cuentas, sentada al pequeño escritorio al costado del cuarto del hotel y en cada página entitulada apuntaba los números que necesitaba para pagar el alquiler, los gastos de belleza y los gastos de comida.

Tomaba café con azúcar, espeso y amargo pero tan dulce que parecía pegársele a las esquinas de la boca. Cuando terminaba sus cuentas se duchaba—se duchaba cada mañana al despertarse y otra vez por la noche, o es decir, más temprano en la mañana cuando terminaba su trabajo—porque la ducha le hacía sentirse limpia.

Cuando terminaba su ducha iba al santuario a rezar. El santuario era una caja de cartón en un rincón del cuarto con una pequeña estatua plástica de la Virgen María

cargando al Niño Jesús. Siempre pensaba en él como el Niño Jesús porque se sentía incómoda pensando en Jesús como un hombre adulto; le hacía pensar que él desaprobaría lo que ella hacía.

Su trabajo.

Y no quedaba duda que él desaprobaría su trabajo. Nadie aprobaba su trabajo. Hasta los hombres que le ponían apodos desaprobaban su trabajo.

Pero era el único trabajo para ella, la única manera de ganar dinero para mandarle a su mamá. Ella había hecho un esfuerzo. Ella permaneció en el pueblo de la frontera por algún tiempo antes de colarse por la frontera y trató de conseguir empleo en una de las fábricas norteamericanas. Había muchas por la frontera con México, a ambos lados de la frontera. Se decía que así podrían evadir las leyes del norte, no preocuparse por la contaminación del medio ambiente, y no tendrían que pagarles todos los beneficios a los empleados.

Había tratado en tres fábricas. Dos de las tres que probó empleaban a niños y les pagaban bien—una niña de catorce años que en

realidad tenía trece pero podía mentir sobre su edad y hacerse creer mayor podía ganar casi setenta centavos por hora ensamblando piezas para carros grandes norteamericanos. Le dijeron que ni cuando cumpliera los sesenta conseguiría empleo porque tenían tantos esperando.

La tercera fábrica dijo que no empleaban a niños pero cuando sacó la cadera y se paró como había aprendido, el hombre que apuntaba los nombres levantó las cejas y le dijo que regresara a verlo más tarde esa noche. Regresó y el hombre hizo lo que hacen los hombres pero ni así consiguió el trabajo y la verdad es que ella lo esperaba porque el hombre tenía muchas mujeres haciendo lo que tenían que hacer para conseguir empleo.

Y así fue como ella vino al norte.

Cruzó de noche cuando otros, cientos, cruzaban. Su madre vino a verla encaminarse hacia el pequeño río y le había dado algún dinero—dos dólares norteamericanos—y unos burritos de frijoles en una bolsa plástica de pan.

De aquéllos con ella, en su pequeño

grupo, casi todos fueron capturados. Habían cruzado por donde había edificios y Rosa había corrido entre dos de ellos con tres niños pero al fondo había un patrullero de la frontera con una linterna. Agarró a los niños y atrapó a dos de ellos pero Rosa se le escapó y entró en la noche, en la ciudad y en el país, el país extraño, el país nuevo.

Un hombre la llevó en su carro. Los hombres le habían dado muchas cosas. Y ella cabeceó y estuvo con el hombre en el carro por un día y casi toda una noche antes de llegar a Houston.

Donde podría trabajar.

Y aun aquí, aun en Houston ella primero trató con otro empleo, empleo que le gustaría a Jesús. Pero eran muchos los que habían venido al norte y cuando hacía falta solamente uno en una hamburguesería solicitaban doscientos y cuando hacía falta solamente una camarera en un hotel solicitaban trescientas. No era posible.

Y así que este trabajo, este trabajo que ella hacía era el único que había para que ella pudiera mandar dinero a casa, trabajo que a Jesús

no le gustaría, trabajo que le hacía rezar sólo al Niño Jesús.

Una estatua plástica pero de colores vivos, roja alrededor formando una corona y María en un manto azul y el Niño Jesús todo en rosado envuelto en una tela blanca. Rosa había comprado velas en el mercado en la sección de comidas mexicanas. Velas altas con letras que no podía leer al lado de imágenes de santos en el cristal que brillaban cuando se encendía la vela y velas chiquitas en pequeñas tacitas que destellaban una suave luz amarilla.

Cada mañana cuando rezaba en el santuario encendía todas las velas y al encender cada vela rezaba por algo, una persona, un modo de vida.

Santísima Virgen tráele paz a mi madre y grandes riquezas.

Y un fósforo ardía y la llama crecía sobre la vela y ella murmuraba.

Santísima Virgen mírame y perdóname y ayúdame a ser modelo en las revistas de glamour.

Frote, luz y llama.

Santísima Virgen tráeme . . .

Rosa

Cada mañana después de la ducha y las cuentas rezaba en el santuario antes de la próxima parte del día.

Preparaba su ropa.

Traci

Nació y fue criada para creer que nada era malo, nada era imposible, nada era feo, nada era verdaderamente incorrecto.

Siempre había buena comida para comer, buenas casas para vivir, buena ropa para llevar, buenas escuelas para asistir, buenos zapatos para caminar y buenos lugares para estar.

Es como si toda su vida hubiera sido escrita como un cuento de hadas, incluso sueños y deseos y promesas.

Excepto que.

De vez en cuando había un paro, un cambio en el pulso de su vida, un pensamiento; un momento cuando la apariencia de que todo era un sueño se interrumpía por el rayo de otro sol.

Durante un juego de tenis. Sentada fuera de la cancha mientras que los chicos trataban de impresionarla. Tomando un débil té helado (sin calorías y con poca cafeína) y creyendo las palabras del anuncio que decía que las cosas no podían mejorar más que esto y entonces un pequeño pensamiento: *hay*

personas que no están jugando tenis y tomando té helado bajo el cálido sol de una tarde en Tejas.

O cuando su madre le hablaba, contándole de tal gran fiesta o del perfecto club de bridge o de tal función de sociedad y entonces venía, un breve pensamiento: *en alguna parte todo no es perfecto.*

ERA ALTA Y DELGADA PERO NO DEMAsiado delgada y estaba desarrollando una figura que su madre le ayudaba a parecer mayor que sus catorce años.

Traci.

En su estado natural su cabello era castaño claro y bastante lacio pero se lo teñía de un rubio casi blanco y llamativo—así es como ella lo veía y como su madre lo describía, *llamativo*—con su cerquillo parejo y un corte uniforme.

Quería parecer mayor que su edad, necesitaba lucir mayor para lo que ella quería; quería más que nada, necesitaba más que nada, tenía que tener como su vida más que nada.

Ser una "cheerleader."

Tú eres el tipo de chica que no necesita escenario, le decía su madre; tu buena apariencia será suficiente. Podrás lograrlo todo pero tienes que concentrarte en tu apariencia.

Desde una temprana edad su madre la había llevado a exhibiciones. Concursos de belleza infantiles, exhibiciones de niños lindos, exhibiciones de modelos, de ropa, exhibiciones en las tiendas—Traci no podía recordar ni un día en que no estuviera trabajando en su apariencia, en cómo los demás la percibían.

A los cinco años se ocupaba de sus uñas, su cabello, su cutis todo el tiempo. Mientras que otras niñas jugaban con muñecas o hacían deportes, Traci trabajaba en su apariencia.

Su apariencia lo era todo. Todo contaba, cada cosita, cada parte de lo que ella hacía.

Ella no sólo caminaba, ella *caminaba*. No siempre igual. Tenía diferentes maneras de caminar dependiendo de la ropa que tenía puesta, la gente que la miraba y el ambiente que estaba tratando de crear. Podía caminar animada, alegre para hacer al expectador prestar atención y sonreírse; lentamente, para

hacer a una persona ver; un movimiento balanceado para hacerla lucir seria; o cómo una serpiente, moviéndose de lado a lado solamente un poquito, no demasiado para su edad pero lo suficiente para llamar la atención de los jueces si eran hombres.

Tenía dos armarios llenos de ropa—quince trajes de baño—zapatos para cualquier ocasión posible, faldas cortas de spandex que eran un poco demasiado cortas, vestidos más formales que eran un poco demasiado largos, sostenes un poco demasiado rellenos, camisetas y pantalones hechos a la medida—más de tres mil dólares en ropa que había que reemplazar constantemente cuando cambiaba la moda (casi semanalmente) y a medida que ella crecía y se desarrollaba.

Paró a mirarse en el espejo de la cómoda en su cuarto. No sólo un espejo sencillo sino un espejo profesional para maquillaje con tres lados rodeado de luces y lentes de magnificación sobre brazos extendibles—y no fue solamente una mirada tampoco. No un vistazo pasajero.

Había aprendido a ser crítica, una severa

crítica de su apariencia. El espejo era un instrumento útil para ella y nunca, nunca estaba satisfecha. Un solo mechón de pelo fuera de lugar, un solo *cabello* suelto necesitaba atención inmediata; un pequeño descoloramiento, una mancha o—horror—un grano la lanzaba a trabajar con maquillaje o laca de pelo o peine y cepillo o, si nada más estaba a mano, un dedo humedecido con saliva.

Ahora sus pestañas parecían demasiado lacias, dándole a su cara una apariencia recia y usó un aparatito para rizárselas antes de aplicarse más sombra y obscurecer las pestañas para destacarlas.

Era por la mañana y había estado levantada por tres horas preparándose para su día. Normalmente los preparativos tomaban menos tiempo—un poco más de dos horas—pero hoy era especial, eran las pruebas para "cheerleader" y el día que determinaría su futuro.

Su madre se lo había explicado, no una vez, ni una docena de veces—casi todos los días se lo inculcaba a Traci.

"Lo que seas después pasa *ahora.* Cómo

vives, lo popular que seas en la escuela secundaria y luego, con quién te cases—todo eso se determinará *ahora.* No quieres acabar casada con un rufián de un aparejo petrolero, alguien que te ensucia cada vez que te toca, ¿no es así? No, no es lo que quieres. Yo hice eso y me casé con tu papi y tuve que acabar por divorciarme antes de poder entrar en mi presente matrimonio."

Nunca por su nombre, nunca por esposo, nunca Cleve Barrancs, nunca un nombre para el padrastro de Traci—siempre "mi presente matrimonio."

"Tuve suerte en encontrar una segunda situación. A la mayoría no le llega un segundo chance y no se puede contar con ello. Así que trabaja ahora en lo que obtendrás después, querida—trabaja todo el tiempo."

Y Traci la creía. Lo había oído todo tantas veces, observando a su madre trabajando en su propia apariencia—tenía treinta y dos años y parecía tener un poco más de veinte—tanto que la idea se le había inculcado en su existencia. Todo lo que ella hacía—cada pensamiento, cada idea—estaba dirigido hacia el éxito de su futuro.

Casarse bien. Casarse con alguien de dinero. Tener una vida maravillosa de éxitos con una casa elegante y manejar un Mercedes y tener criados y viajar por todo el mundo—a los lugares limpios, por supuesto, no los sucios, ninguno de los sitios desordenados como la India o África o China o Sudamérica—se le había inculcado a Traci desde los nueve años.

Y todo dependía de este día. Tenía catorce años, parecía tener diecisiete, y había competido en media docena de concursos relacionados a la belleza pero si no triunfaba hoy, en este día, todo habría sido en vano.

Por eso el baño largo con sales para suavizar la piel en la gran bañadera, y las cremas purificadoras y el lavado y enjuague especial para su cabello, y luego la base y color y colorete y sombra y lápiz destacador y correcta falda plisada de "cheerleader"—perfectamente hecha a la medida—con suéter también perfecto y ahora, frente al espejo, un último toque sobre la mancha descolorada. El producto de tres horas de trabajo, el conjunto que vería el mundo como Traci Barrancs (asumió el apellido de su padrastro

porque sonaba más elegante que el de su padre, Willet) y por fin un último halón a la falda, enderezar el suéter, una ojeada crítica a sus dientes de cuatro mil dólares coronados con porcelana, su cutis perfecto, sus uñas perfectas, un último, último vistazo en el espejo y fuera de su cuarto decorado especialmente hacia abajo donde su madre la esperaba para llevarla a la escuela en el Mercedes.

Lista.

Rosa

A VECES SE TOMABA LOS DOMINGOS libres e iba a misa a la iglesia de Santa María cerca del centro de Houston, no a muchas cuadras de donde a veces ella trabajaba. Siempre entraba última en la iglesia, justo antes de que empezara la misa y usaba los pequeños asientos cerca de la puerta de atrás y no recibía comunión ni se acercaba al frente excepto una vez que pagó dinero para que le ofrecieran una misa a su mamá en el día de su cumpleaños. Ese domingo también pagó por veinticinco velas y oraciones rezadas por nueve monjitas que vivían y trabajaban en un convento cerca de la iglesia, todo para su mamá en el día de su cumpleaños. Claro que se sintió culpable después de haberlo hecho, pensando que el dinero se habría gastado mejor si se lo hubiera mandado directamente a su mamá, pero ella quería que Dios la protegiera y de todos modos se alegró de haberlo hecho.

El domingo se ponía un sencillo vestido café con líneas rectas que no enseñaba nada de lo que a los hombres les habría gustado ver y un pañuelo negro en la cabeza. También

tenía una chaqueta para ponerse por si acaso refrescaba, un jersey deportivo que decía HOUSTON OILERS por detrás pero a veces lo usaba cuando trabajaba y no le gustaba llevar la misma ropa los domingos que al trabajo.

Pero hoy no era domingo, era uno de los otros seis días de la semana en que ella trabajaba, así que no sacó el vestido recto café del pequeño armario al lado de la puerta del baño.

Sacó la falda corta negra de cuero de donde reposaba sobre la cómoda y la examinó críticamente contra la luz. Muchas de las otras usaban imitación cuero, plástico o spandex y vivían por los hombres, vivían a causa de los hombres. La forma en que los hombres las veían decidía cuánto le pagarían y si no les pagaban . . .

Rosa decidió desde un principio que el cuero legítimo, el verdadero cuero negro hacía que los hombres pagaran más que el plástico o el spandex y cuando trabajaba usando cuero notaba que los hombres se le acercaban más a ella que a las otras chicas con otras cosas puestas.

Bien es verdad que ella no era fea y quizás más bonita que algunas de las chicas mayores—especialmente las muy mayores de diecinueve o veinte—aunque algunas también eran bonitas aun los hombres preferían a Rosa.

Había marcas en la falda y ella usó la esquina humedecida de una toallita para quitarlas, retocando ligeramente para no mojar y manchar el cuero.

De nuevo la puso contra la luz, volteándola por detrás y por delante para asegurarse que estaba limpia.

Después las botas. Usaba botas de cuero de vaquero a media pierna con tacones de tres pulgadas y éstas también limpiaba con un trapo húmedo y luego las pulía con betún negro. Cuando estaban cubiertas por el betún las dejaba por un rato mientras tomaba su café y cuando el betún ceroso se secaba, Rosa usaba una tela suave para pulirlas y darles mucho brillo.

Usaba medias de malla cuando trabajaba y tenía tres pares distintos que lavaba y secaba, colgándolas de la barra de la cortina del baño. Bajó uno de los pares y lo estiró, añadió

un jersey apretado que también había lavado y secado y colocó cada artículo de ropa de trabajo sobre la cama para prepararse para trabajar.

Todavía era demasiado temprano, faltaban casi cuatro horas para ir a la calle donde ella trabajaba y además era miércoles, que era un día muerto para nuevos clientes pero bueno para los regulares, que quería decir que de nada le serviría empezar temprano.

Los regulares a veces venían a distintas horas pero casi siempre venían el mismo día. Ella no los conocía por nombre, ni quería conocerlos, menos a uno que no podía remediar conocerlo.

El ministro.

Ella no sabía que era ministro cuando primero lo conoció y se convirtió en cliente, pero un domingo lo vio por televisión con sotana larga y hablando de Dios en inglés a personas que lloraban y alzaban las manos con palmas abiertas hacia él. Había mucha gente, parecía que el auditorio estaba repleto y todos lloraban y sacudían las manos y cuando él los alcanzaba desde el escenario algunas de las mujeres se desmayaban y eso la hizo sonreír

porque ella no se desmayaba cuando él la tocaba aunque a veces él lloraba, cosa que no tenía sentido. Él decía cosas cuando lloraba pero ella no las entendía y no sabía nada de él menos lo que veía por televisión—que era casi nada ya que todo era en inglés.

Pero tiene que ser rico. Eso sí sabía. Siempre llegaba en un carro grande azul y se arreglaba el pelo con alguien muy bueno y había mucha, mucha gente que echaba dinero en las canastas del ministro que lloraba cuando las pasaban durante las reuniones los domingos. Siempre le pagaba bien, le daba cien dólares y se le ocurrió como sacarle aun más dinero, amenazándolo con decirle al noticiero de la televisión que el ministro que lloraba era capaz de tales cosas.

Pero ella no era legal y la policía podría venir y regresarla a México donde ella no podía vivir, donde no tendría un cuarto con símbolos tallados en la madera de su cama o una televisión o un baño. Además algunas de las otras habían tratado hábilmente de sacarles más dinero a sus clientes y los hombres se habían enojado y les habían pegado.

Así que no dijo nada, no le dijo al ministro

que lloraba que ella sabía quien era y siguió con su trabajo muy profesionalmente.

Cuando su ropa estaba lista y había terminado de rezar y pedir bendiciones para su madre, Rosa se sirvió otra taza de café, le echó azúcar y se comió una rosquilla de una caja sobre la mesa al lado de la cama. Le encantaban las rosquillas aunque se preocupaba que le engordaran demasiado para estar en la portada de las revistas de glamour así que tenía cuidado de sólo comer una rosquilla al día.

Antes de sentarse a comer su rosquilla encendió la televisión, la cambió al canal en español y se sentó a ver la telenovela que veía todas las tardes. Oír español le recordaba a casa—le hacía sentir la soledad pero también le daba placer—conocía íntimamente a todos los personajes, como amigos; sabía cuales tenían problemas, a cuales se les estaban resolviendo los problemas, abortos, matrimonios, desengaños, enfermedades. Era como si la vida de todo México entrara en su cuarto cada tarde mientras ella se perdía en el mundo de aquéllos en la televisión, olvidando dónde estaba y quién era.

Traci

MÍRALAS, PENSÓ TRACI—SON TAN ZORras, todas. Míralas, sentadas allá arriba como zorras reinas.

Se sonrió.

Estaba sentada en el gimnasio en una fila de sillas de metal para las aspirantes. Diecinueve chicas más habían solicitado y aprobado los preliminares en sus propias escuelas medias.

Traci mantuvo su rostro alerta, animado, atento pero no demasiado frívolo o tonto. *Estarán observando todo el tiempo*, pensó, *nunca dejes de estar alerta.*

Sentadas en las gradas que habían bajado sólo para estas pruebas estaban cuatro "cheerleaders" mayores de la Escuela Secundaria Central. Tenían sus uniformes puestos y cada una tenía una tablilla sujetando un papel con la lista de todas las aspirantes.

Al llamar el nombre de cada aspirante, ella tenía que levantarse, hacer la rutina que ella había preparado—incluso vítores, saltos y pompones si ella quería—y cada una de las mayores la juzgaría.

Su madre le había instruido y re-instruido en rumbo en el Mercedes.

"Esto cuenta más que nada en toda tu vida."

Traci inclinó la cabeza, asintiendo.

"Haz todo bien, perfectamente, y estarás lista."

Inclinó la cabeza otra vez.

"Mantente positiva, recuerda eso—positiva, positiva, *positiva*."

No inclinó la cabeza, pero estaba de acuerdo. Manejando en el carro con aire acondicionado después de haber salido de la casa con aire acondicionado, sentada en asientos de cuero. De acuerdo.

"Recuerda nuestra rutina. No introduzcas nada ñuevo y no te preocupes si una de las otras hace lo mismo. Yo no le pago mil seiscientos dólares a un coreógrafo para que produzca algo que otra chica ya tenga. Así que no abandones lo que ensayamos."

"Sí, mamá." Nunca mami o mamita—siempre mamá. Su madre había contratado a un coreógrafo profesional para desarrollarle una rutina de "cheerleader" a Traci y el hombre—que se llamaba Ricardo—se había pasado semanas escribiendo y ensayando con

ella, trabajando con ella hasta que le sangraron los talones de tanto rozar contra los zapatos.

"No quieres ser solamente una de ésas que aceptan," le decía su madre. "Quieres ser la *primera* en ser escogida, la que aceptan sin ninguna duda, la mejor de todas las aspirantes."

Había dejado a Traci en la puerta principal de la escuela. "No luciría bien que entrara contigo, se vería como una debilidad. Yo te espero aquí. Pero sal enseguida que termines."

Y ahora estaba sentada, mirando hacia las chicas mayores esperando juzgarla, hacer o destruir su vida.

Era cuarta en fila. No tan bueno—le habría gustado ser primera para establecer el tono o última para hacer a las otras lucir mal. Pero sacó cuarta y eso no tenía remedio.

Ahora iban por la segunda chica y Traci la miraba de refilón. No quería aparecer demasiado interesada, sólo una ojeada cortés, pero captó a la chica justo cuando cometió un error. Había optado por usar los pompones

y los había tirado pero uno se le cayó.

El pompón cayó al piso y por un segundo, medio segundo terrible, la chica paró y le fijó la vista. Entonces se agarró la cara con las manos y salió corriendo del gimnasio, llorando y sin terminar su rutina.

Traci se volteó hacia el frente. Nunca cambió su posición y cambió la expresión de su cara sólo para mostrar un poco de lástima aunque la verdad es que sentía muy poca. Ella había trabajado demasiado duro para tenerle lástima a la chica. El mundo es muy duro, pensó—es mejor fracasar ahora que luego de mayor o en la escuela superior cuando se puede destrozar toda tu vida.

Era el turno de la tercera chica. Lo hizo bien, vitoreó correctamente cuando saltó pero su ejecución fue débil, le faltaba sal y ni siquiera extendió las piernas en línea recta al terminar. Era casi mandatorio extender las piernas y el no hacerlo demostraba una falta de interés profesional que Traci sabía eliminaría los chances de la chica.

Entonces terminó.

Y era el turno de Traci.

Rosa

45

Era hora de ir a trabajar.

Rosa volvió a mirar el pequeño reloj sobre la cómoda cerca de la esquina del espejo rajado.

Las seis.

Aún no había oscurecido pero tenía que caminar muchas cuadras para llegar a donde ella trabajaba, caminar en las botas de vaquero con tacones. Una vez usó zapatos de tenis para la caminata, cambiándose a las botas para trabajar. Pero un niño le había robado los tenis de donde ella los había escondido y eso fue el fin de los zapatos de tenis. Y los taxis eran demasiado caros.

Tenía que estar en su sitio a las siete cuando empezaban a llegar sus clientes regulares, así que se vistió rápidamente y chequeó su maquillaje una vez más.

Antes de acercarse a la puerta fue a su lugar secreto. Había una tabla suelta en el piso cerca de la puerta del baño. Había levantado la tabla con un tenedor hasta que se despegó y en el hueco debajo guardaba su dinero.

Cuatrocientos veinticinco dólares, todo en billetes de a cinco enrollados con ligas elásticas.

Le pasó los dedos al rollo para asegurarse que todo el dinero aún estaba ahí. Cada noche antes de salir para el trabajo tocaba el dinero. Así se le hacía el trabajo más fácil de hacer.

Con mucho cuidado reemplazó la tabla, la tapó con un pequeño basurero plástico y salió del cuarto.

Aún hacía calor afuera aunque el sol ya estaba debajo del nivel de los edificios.

Se movía con facilidad, oscilando los brazos libremente. No usaba el caminado que usaba en el trabajo hasta que le era útil.

En dos cuadras llegó a un cruce y paró. Pasó un patrullero y dos policías la estudiaron por un momento—demasiado largo. Tenían una mirada recia y sabían en lo que ella trabajaba por la ropa que llevaba puesta. Por un instante pensó que pararían a detenerla. Había tenido mucha suerte porque aún no la habían detenido, solamente la interrogaron una vez en un grupo con otras pero si la agarraran todo acabaría. La regresarían.

Esperó a que el carro pasara toda la cuadra y luego siguió por otro camino al que ella acostumbraba.

El camino nuevo era un poco más largo pero los policías la habían mirado demasiado tiempo. Quizás regresarían y era mejor no estar.

El problema era que esta nueva ruta la hacía pasar por el centro comercial donde estaban las tiendas elegantes. No le gustaba pasar por ahí porque veía demasiadas cosas que ella quería. Algún día las tendría todas cuando fuera modelo famosa en la portada de las revistas de glamour—los abrigos de piel y las joyas que captaban la luz—pero verlas ahora era demasiado pronto. La hacían sentir inconforme y vacía.

Pero caminó en esa dirección de todos modos, para evitar la policía—caminó hacia el centro comercial.

Traci

"¿Cómo fue?"

Su madre la esperaba en el Mercedes enfrente de la escuela. Casi era de noche y Traci trancó la puerta con cuidado al entrar en el carro. Los Mercedes eran codiciados y muchos habían sido robados.

Traci cuidadosamente arregló su falda plisada, tratando de no sonreír.

Su madre engranó el carro pero mantuvo el pie en el freno.

"¿Bueno?"

Traci encogió los hombros. "Salió bien."

"¿Bien?" La voz de su madre creció más firme y tensa. "¿Eso es todo—bien?"

Traci rió. "Salió perfecto. Seguí mi rutina, como tú dijiste, pero hice todo lucir muy animado y cerré con un salto y una extensión de piernas que los dejé boquiabiertos."

"¿Perfecto?" Su madre se sonrió. "¿Así de bueno?"

Traci inclinó la cabeza. "Absolutamente. Me afirmaron con la cabeza cuando terminé y una de las chicas me dijo que fui la mejor." Una mentirita—otra chica, a una trigueña con piernas más largas que las de Traci le

habían dicho que era la mejor pero Traci era sin duda la segunda mejor y estaría en la selección final y ya encontraría cómo mejorar a la trigueña . . .

Su madre suspiró. "Qué bueno, no se puede mejorar más. Claro que no podemos bajar la guarda ahora. Ser aceptada al equipo de "cheerleaders" es solamente el comienzo. Tienes que ser popular, *la* chica más popular. Pero al menos es un comienzo—un buen comienzo."

Traci inclinó la cabeza pero había estado mirando por la ventana del carro, pensando. "¿Sabes lo que necesito?"

Su madre cabeceó. "Yo sé exactamente. Necesitas ir de compras."

Traci rió. "¡Perfècto!"

"Un nuevo ajuar para celebrar la victoria."

"En el centro comercial."

"Hacia el centro comercial vamos," dijo su madre, doblando el Mercedes por una calle lateral en camino al Centro Briarwind.

Rosa

55

MALDIJO FIERAMENTE, USANDO PALAbras que había aprendido en el solar en Ciudad México, palabras que usaban los chicos que la insultaban al pasar en sus carros.

La habían atrapado.

O la atraparían pronto.

Todo salió mal, fue estúpido. Tomó la calle lateral para evitar la policía, que la llevó hacia el centro comercial y las tiendas elegantes. No podía pasar sin detenerse a mirar en las vidrieras, y el mirar en las vidrieras le hizo querer entrar.

Por un momento se olvidó que estaba vestida para trabajar y entró en el centro comercial para pasar por las tiendas, pero pasó por las puertas de vidrio y adentro de las tiendas antes de recordar que llevaba puesta la falda corta de cuero y tacones de tres pulgadas y que todo el mundo le había fijado la vista.

Demasiado tarde. Lo recordó todo demasiado tarde. Dio la vuelta para irse pero al voltearse vio que un guarda cerca de la joyería la miraba detenidamente. Alzó su transmisor portátil, dijo algo y avanzó hacia Rosa.

Venía entre Rosa y la puerta y ella sabía

que no lo podía pasar. Nunca podría salirse con la suya sin hablar inglés y sin tarjeta verde, sin ayuda.

Tendría que correr a través del centro comercial, escapar por otra salida, tendría que correr por delante del guarda. Se viró contra la entrada, empezó a correr pero se le hacía casi imposible moverse rápido con los tacones y las botas le quedaban tan apretadas que no se las podía quitar fácilmente.

Y ahora venía otro guarda, llamado por el primero. Dio la vuelta una vez y entonces la vio. La tienda elegante de vestidos a su izquierda. Estaba abierta y no veía a ningún dependiente. Probablemente tenían una salida posterior.

Era su único chance. Corrió dentro de la tienda hacia el fondo, se movió alrededor de un perchero de vestidos y vio que sí había una puerta posterior, un lugar adonde correr pero estaba bloqueado. Una dependienta estaba parada ahí hablando con una chica rubia y una señora mayor.

Rosa miró hacia atrás. El guarda estaba fuera de vista. Se agachó y gateó debajo de

un perchero de vestidos, metió las piernas hacia adentro y esperó, aguantando la respiración.

El guarda la pasó—ella vio sus pies—y lo oyó hablando con la mujer enfrente de la puerta posterior. Palabras que ella no entendía amortiguadas por los vestidos.

" . . . ilegal . . ."

Ésa sí la sabía. Y otra.

" . . . puta . . ."

Y más palabras demasiado bajas para poder oír y entonces, por otro instante nada, sólo el sonido de las pisadas del guarda al salir de la tienda.

Poco a poco soltó la respiración, la volvió a aguantar, preguntándose si podría salir y pensando que iba a salir cuando alguien abrió los vestidos y Rosa vio a la chica y a la señora que habían estado hablando con la dependienta enfrente de la puerta trasera.

Rosa, con la boca medio abierta y haciendo un sonido al detener súbitamente su respiración y con los ojos muy, muy abiertos miró a la chica, en los ojos de la chica.

Traci

TRACI SE PARALIZÓ.

Todo lo que había sucedido en los últimos minutos parecía darle vueltas por la cabeza. Vinieron a la tienda a ver vestidos. Habían hablado con la dependienta. El guarda había entrado corriendo, buscando a la chica que huía. No habían visto a la chica. El guarda se había ido. Habían dado la vuelta. Habían avanzado hacia el perchero. Su madre estaba mirando en la dirección de donde habían venido, mirando a la dependienta, diciéndole algo.

Traci había apartado los vestidos para ver uno rojo que le quedaría bien con su cabello. Sólo apartado el vestido.

Y ahí . . .

Empezó a decir algo. Una palabra, un pensamiento, pero nada le salía. Ni una palabra, ni un sonido.

Medio segundo, un latido del corazón—literalmente un latido. Un ruido sordo. Los ojos de Traci se fijaron sobre los de la chica, fijos, cautivados y ella lo supo todo, lo vio todo, lo sintió todo. Supo que la chica era mexicana, tenía su edad, era ilegal, vendía su

cuerpo y que estaba total y completamente aterrada.

Nosotras, pensó Traci.

Justamente eso al principio, en el primer instante.

Nosotras somos . . .

Nosotras somos iguales.

De todas las cosas que ella sabía en su vida, sabía eso mejor que nada, lo supo de repente, lo supo con certeza—que había algo igual en los ojos de la chica mexicana que en los de ella, algo en sus mentes, en sus almas que era exactamente, simplemente igual.

Somos iguales.

.Todo en un instante, menos de un instante. Y sabía que la chica mexicana lo sabía también, lo sentía también. Y Traci sabía que tenía que cerrar los vestidos para esconder a la chica de nuevo, ayudar a la chica, ayudar . . .

Entonces su madre se viró.

"¿Qué demonios?" dijo su madre. Haló a Traci. "Aléjate de ella—¿Estás loca?" Se viró hacia el frente de la tienda. "¡Guarda! Aquí está, escondida entre los vestidos!"

"Pero mamá . . ."

Su madre la ignoró, halándola.

"Aléjate de ella. No la toques. ¡Guarda!"

"Pero ella es solamente . . ."

"¡Caramba, ven *acá*!"

Atrás, atrás por los abrigos que colgaban hacia el lado de la tienda y la chica mirándola, mirándola con esos ojos, mirándola mientras Traci meneaba la cabeza, peleaba contra su madre y entonces llegó el guarda.

La chica mexicana trató de correr pero dio sólo un paso y el guarda la agarró por la muñeca, llamando a la policía por su transmisor portátil, halándola, arrestándola, casi cargándola fuera de la tienda y todo el tiempo Traci la miraba y la chica mexicana la miraba a ella, directamente en sus ojos.

Y entonces salió. Fuera de vista. Fuera de su vida.

Su nombre, pensó Traci. *Ni siquiera sé su nombre.*

"Ahora," dijo su madre. "Volvamos a nuestras compras."

"Mamá . . ."

"¿Era el vestido rojo el que querías?"

"Mamá—somos iguales. Esa chica y yo —somos exactamente iguales."

Su madre paró, agarró a Traci por ambos hombros. "No, no lo son. Ella es lo que es . . . lo que tú pudieras haber sido si no fueras como eres ahora. ¿Entiendes lo que quiero decir?"

"No."

"Si no eres la mejor, la más popular, la superior—todo eso. Si no eres eso . . ." arrastró las palabras, sacudió la cabeza. "Olvídalo."

"Pero . . ."

"¡Basta ya! Ahora—¿era el vestido rojo el que querías?"

Y Traci se detuvo, se estremeció brevemente en el borde de algo que no comprendía, como si estuviera a punto de caerse de un precipicio a un nuevo mundo, se aferró por un momento, una eternidad, entonces se encogió de hombros, dio la vuelta y suspiró.

"Sí—el rojo. Lo iba a ver cuando . . . sí, es el rojo el que quiero."